こぎつね キッペの
そらのたび

今村葦子・作　降矢奈々・絵

ポプラ社

「わっせ、わっせ」

こぎつねのキッペが、りょううでを、ぱたぱたさせてさけぶと、

「ばかなまねは、やめてよ。キッペ！」

いたちの子《こ》が、いいました。

「わっせ、わっせ、わっせ！」

それでもキッペは、おおきな、いしころのうえにたちあがって、ぶんぶん、うでをふりまわしながら、

「ばかなまねじゃ、ないよ。ぼく、はばたいてるん

だ。ぼくは、そらをとぶんだ」
といいました。

「あきれた、おばかさんね！　はばたくって、はねをぱたぱた、うごかすことよ。あんたには、はねなんて、ないじゃない。それ、うでよ。あんたは、とりじゃなくて、ただの、こぎつねなのよ」

いたちの子《こ》がいうと、キッペは、もっともっと、おおきなこえで、

「わっせ、わっせ！」

とへんじしました。そして、りょううでをふりまわして、もっと、もっと、はばたきました。

「ああ、あんたって、ほんとに、いらいらする子《こ》ね。あたし、じれったくて、じれったくて、あたまの毛《け》が、ちりちりする」

いたちの子《こ》がいうと、カラスが、

「アホウ！　アホウ！」

となきました。するとキッペは、

「わっせ！　わっせ！」

カラスよりも、なんばいも、おおきなこえをはり

あげて、いっしょうけんめい、はばたきながら、かんがえぶかそうに、

「とりじゃなくたって、そらは、とべるよ。ばったたって、ちょうちょだって、そらをとぶ。かぶとむしだって、とんぼだって、そらをとぶ。だから、ぼくも、とぶんだ」

といいました。そしてまた、

「わっせ、わっせ！」

とはばたきました。

いたちの子《こ》も、ぱたぱたとうでをふって、とびはねました。でもそれは、いらいらして、とても、じっとしてなんか、いられなかったからです。

「きょうはみんなと、川《かわ》のそばであそぶって、やくそくじゃないの！　きっともう、みんな、きてるわ。

キッペのせいで、あたしたち、また、ビリよ。ああ、いやになる！」

いたちの子《こ》が、とんがったかおを、もっと、とんがらせて、いいました。するとキッペは、

「きみ、さきにいって。ぼく、あとから、とんでいくから！　すぐに、おいつくよ」

といいました。そして、いしころのうえで、

「わっせ、わっせ、わっせ！」

いっしょうけんめい、はばたきました。

「もう、しらないからっ！　キッペなんか、きらいよ。ばか、ばか、ばか！」

いたちの子《こ》が、かけていってしまうと、キッペは、きゅうにつまらなくなって、

「アホウ！　アホウ！」

とないている、カラスにむかって、

「うるさい、だまれっ！」

といいました。

「わっせ、わっせ！」

キッペが、いたちの子《こ》のあとをおいかけて、かけてゆくと、足《あし》もとから、ばったが、ぱたぱたと、とびたちました。あかとんぼも、すいすいと、とんでいました。

へああ、ぼくはどうして、とべないんだろう？　あんなにちいさい、ばっただって、とんぼだって、じゆうに、そらをとべるのに。いつもいつも、かけまわっている、ぼ

くなんて、ぼく、つまんない。……ああ、ぼくも、そらをとびたいなあ！〉

キッペは、はばたくのをやめて、とぼとぼと、みんなのいる川《かわ》にむかって、あるいてゆきます。

すると、みちばたのそこらじゅうで、キッペのじまんのしっぽと、そっくりなかたちのねこじゃらしが、ゆらり、ゆらりと、ねむたそうに、かぜにゆれました。

「ぼく、もし、そらをとぶ、はねがもらえるのなら、
ぼくのしっぽと、とりかえたって、いい。
ほんとだよ！」
キッペがおもわず、おおきな
こえでいうと、カラスがまた、
「アホウ！　アホウ！」
となきました。
キッペは、すっかりはらをたてて、
「ちぇっ！　おまえのほうが、

もっともっと、あほうじゃないか！」

といいました。その、キッペのすぐよこを、すいすいととんでゆく、あかとんぼにむかっても、キッペは、くやしそうに、

「ばかとんぼ！　はねをとったら、とんがらし！」

といいました。

みんなは、川《かわ》べりの、森《もり》のなかにいました。ようやく、みんなといっしょになった、いたちの子《こ》が、

「ねっ、ねっ、きいて、きいて！　キッペったら、ほんとに、おばかさんなのよ！」

といっていました。

「そらをとぶんだって、ぱたぱた、ぱたぱた、いしころのうえで、はばたいているの。それで、むかえにいってあげた、あたしにむかって、ひとりで、さきにいけって、そういうの。

じぶんはあとから、
とんでいくからって。
ねっ……ねっ、
あんまりじゃない？」
いたちの子《こ》が、
いいます。

「ああ！　もし、れんしゅうしたら、そらがとべるっていうのなら、ぼく、何十年《なんじゅうねん》でも、れんしゅうするよ。ほんとだよ！」

といったのは、こだぬきでした。こねずみなんか、こえをはりあげて、

「ぼくなら、何十年《なんじゅうねん》じゃなくて、何百年《なんびゃくねん》だって、かまわない。ああ、いちどだけでも、そらをとぶことが、できたらなあ！　アマツバメみたいに、すいっ、すいっと！」

といって、まるで、ごちそうを
たべたあとみたいに、
ゆめみるように、
うっとりと、
目《め》をほそめました。

みんなは、ベンチのかわりに、わかいやなぎの木《き》を、ぎゅっと、地面《じめん》すれすれにまでひきよせて、そのみきのうえに、こしかけていました。

ちからもちの、こぐまがいるときには、みんなは、いすもベンチも、いらないのです。

よくまがる木《き》があれば、いつだって、それがベンチになるのです。

「だけどぼくは、そんなに、そらをとびたいなんて、
おもわないよ」
やなぎのベンチにすわって、まっさおな、そらを
みながら、ちからもちのこぐまが、つぶやきました。
「だってぼく、どすんと、そらから、おっこちると
きのことをかんがえたら、こぐまはやっぱり、ある
いたほうが、いいとおもうもの」

「ぼくは、つばさが、みぎとひだりに、ひとつずつじゃ、きみのからだは、とても、うかばないとおもうな。とんぼなんか、あんなにちっちゃくても、はねが四《よっ》つも、あるんだよ。きみのばあいは、十二《じゅうに》ぐらい、いるんじゃない？」

といったのは、こりすです。

「ぼくがそらをとんだら、やっぱり、ミミズクみたいな、へんなとりになるのかなあ」

といって、ふあんそうに、耳《みみ》をなぜたのは、こうさぎでした。

そこへようやく、

「やあ、みんな。おそくなって、ごめん！」

といって、キッペがやってきました。

あそぶまえに、もう、すっかりくたびれてしまったキッペが、やなぎの木《き》のベンチに、どっこいしょと、こしをおろすと、みんなは、

「さあ、これで、みんなそろった！」

「川《かわ》で、たっぷりと、水《みず》あそびをしよう！」

といって、たちあがりました。

やなぎの木《き》のベンチは、おもいっきり、地面《じめん》のほうにひきよせられて、たわんでいたのですから、みんながたちあがると、木《き》は、いきおいよく、もとのかたちにもどろうとして、はねあがりました。

そして、びゅうん！

キッペは、そらをとんだのです。

「ひえーいっ！」
キッペはおもわず、こえをあげました。
「と、とんでるぞっ！　ぼく、とうとう、そらをとんだぞ！
わっせ、わっせ！」
キッペのこえが、そらからふってくると、
「ほ、ほんとに、とんだ！

キッペが、ほんとに、そらをとんだ！」

おくびょうもののいたちの子《こ》が、くちをあけたまま、へなへなと、すわりこみました。

「キッペーっ、まってーっ！ぼ、ぼくを、おいていかないでーっ！」

こだぬきが、さけびます。

「わっせ、わっせ！」

キッペは、そらのうえで、せっせ、せっせと、はばたきました。

もう、れんしゅうなんかでは、ないのです。ほんとうに、そらをとんでいるのです。

それをみた、かれ木《き》にとまっていたカラスが、びっくりして、えだから、ころげおちそうになりました。

よろこんだキッペは、くちを、くちばしみたいにとんがらせて、

「アホー！　アホー！」
となきました。
「わ、わっ！」
あかとんぼのとうが
らしが、あわてふため
いて、キッペに、みち
をあけました。

そらをとぶキッペのしたには、すばらしいながめが、ひろがっていました。森《もり》の木《き》なんか、ぜんぜん、せがたかくないのです。まるで、草《くさ》むらの草《くさ》のように、しげっています。川《かわ》だって、なんだか、水色《みずいろ》にひかる、ほそい、テープのようでした。

「すごいぞ！　すごいぞ！」

キッペは、うれしさに、はなを、ひくひくさせて、いいました。そして、りょう手《て》、りょう足《あし》を、できるだけひろげて、かぜをきって、とんでゆきます。ひなた山《やま》だって、ここからは、ひくい、ちいさな山《やま》にみえます。キッペは、トンビのように、

「ピー、ヒョロロロッ！」

となないてみました。でも、あんまりこうふんしていたので、キッペのこえは、

「ヒー、ヒョロッ！」

ときこえました。

「キッペは、川《かわ》のほうに、
とんでいったぞ。

あっちだ！」

「おいかけろ！」

「おいかけろ！」

森《もり》のなかでは、みんなが、
おおさわぎをしていました。

「いやになる！」

といったのは、やっぱり、いたちの子《こ》です。

「しつれいしちゃうわ。あとからきて、さきにいくなんて！　それも、と、とんでいくなんて！　あたし、ほんとに、いらいらしちゃう！」

みんなは、川《かわ》にむかって、かけだしました。おもわず、

「わっせ、わっせ！」

といってしまったいたちの子《こ》は、かおを、ぽっと

あかくして、また、

「い、いやになる!」

といいました。

キッペは、ひげを、ふるふるとふるわせて、とんでいました。もう、きつね色《いろ》の、おおきな、おおきな、とりになったような、きぶんなのです。

〈ちょっと、みぎにまがって、ひなた山《やま》の、がけのほうに、いってみようかな〉

そうおもったキッペは、きゅうに、どきん！ として、

「あれ、あれっ！」

といいました。

みぎにだって、
ひだりにだって、
まがることなんか、
どうしたって、で
きないのです。

「たっ、たいへんだっ！　ぼくは、と、とんでるんじゃ、ないんだ。とばされてるんだ！」

　キッペは、そらのうえで、おぼれかかったみたいに、いぬかきをしました。でも、そんなことは、なんのやくにも、たたな

いのです。
キッペは、びゅんびゅん、かぜをきって、とんでゆきます。
「たっ、たいへんだっ！　たすけて！」
キッペは、ほんとうに、おぼれているみたいな、こえをだしました。

にくらしいカラスが、
どこかでまた、

「アホー！　アホー！」

とないています。

〈カラスなら、ふわりと、えだに、とまることができる。とんぼだって、すいっと、草《くさ》のはっぱのさきっちょに、とまること

ができる。
でも、ぼくは、おちるだけなんだ！　ああ、ぼくはもう、ぜつぼうてきだ！〉

なきだしそうな、キッペの耳《みみ》もとで、かぜが、びゅうびゅうなりました。

なんだか、草《くさ》はらみたいだった森《もり》が、どんどん、おおきくなって、ちかづいてくるようです。川《かわ》だって、もう、水色《みずいろ》の、テープみたいでなんか、ありません。いしころだらけの、あぶないかわらが、はっきりとみえます。

〈ブレーキをかけられると、いいんだけど、そらとぶこぎつねには、ブレーキなんて、ないんだ〉

キッペはもう、はんぶん、ないていました。目《め》を、おおきく、みひらいたままで！

どこにおっこちるにしても、あんぜんなところなんて、ありません。それにキッペは、うまれてからいちども、そらからおちたことなんて、ないのです。しかも、もういまとなっては、おっこちるよりほかに、ないのです。

「キッペーっ！」

「キッペー、どこだーっ！」

したではみんなが、おおさわぎをして、キッペをさがしていました。

なにもかも、あっというまの、できごとだったのです。そらをとぶキッペにとって、それは、ながい、ながい時間《じかん》でしたが、みんなにとっては、なげたしころが、どこへいったか、さがしているのと、おんなじでした。

「にんげんだらけの、あぶない町《まち》のほうまで、とんでいったんじゃ、ないだろうか」

こころぼそそうに、こぐまがいいます。

「おーい、キッペー、どこにいるーっ」

こねずみたちは、そこらの草《くさ》むらを、かきわけました。

こうさぎは、はねまわり、こりすは、木《き》から木《き》へと、とびまわりました。

水《みず》のそこに、しずんでいないかどうか、川《かわ》のなかを、たしかめたのは、こだぬきです。

「あ、あたしたち、キ、キッペを、どこに、なくしちゃったんだろ。ああ、どうしよう！」

といったのは、いたちの子《こ》でした。それからいたちの子《こ》は、しんぱいそうに、

「ああ、ほんとに、キッペには、いらいらする。どこなの、キッペ？」

といいました。

たかい森《もり》の木《き》の、いちばんてっぺんの、さきっちょが、とんでゆく、キッペのおなかを、さっと、くすぐりました。

でもキッペは、わらうどころでは、ないのです。いったい、どこにおっこちるのか、とばされてゆくキッペには、それが、ぜんぜん、わからないのです。

〈かあさんはいつだって、きをつけて、あそぶようにって、ぼくにいう。でもいつ、

なにに、どうやって、きをつけていたら、いいんだろ？　それにぼくは、いま、はたして、あそんでいるんだろうか？〉

そうおもいながら、キッペはもう、おそろしさに、はんぶん、目《め》をつむっていました。

するとこんどは、かれた森《もり》の木《き》のえだのさきっちょが、キッペのおなかを、ひっかきました。

でも、けがをしたかどうか、しらべるひまなんて、どこにもないのです。

キッペは、かぜをきって、おちてゆきます。

キッペはもう、あきらめきって、かたく、かたく、目《め》をとじました。

「きたぞーっ、キッペが、きたぞーっ！」

どこかから、なつかしい、こぐまのこえが、きこえてきます。

キッペは、あさねぼうしたときのように、あわてて、ぱちっと目《め》をあけました。

キッペのましたに、かわらにあつまって、とびはねている、なかまたちがいました。

「ギーッ！　ギーッ！」

とないているのは、かわらの草《くさ》むらの、きりぎりすです。キッペはもう、ふるさとにかえってきた、たびびとのようなきがして、なつかしいみんなに、手《て》をふりました。

そしてキッペは、つぎのしゅんかん、目《め》もみえず、耳《みみ》もきこえず、いきもできなくなっていました。

まるで、おもいっきりなげた、いしころのように、はなさきから、つきささるように、川《かわ》のふかみに、とびこんでいたのです。

ほとんど音《おと》もせず、水《みず》しぶきもあがらなかったのは、キッペが、矢《や》のように、とんできたからでした。

それをみて、

「あらいやだ！　こんどは、
じぶんだけで、いちばんさきに、
およいでる！」
といったのは、
いたちの子《こ》です。

キッペは、いきおいよく、川《かわ》のそこまでしずんで、
それからいきなり、水《みず》のうえにとびだして、およぎ
ました。

「キッペ！」

「キッペ！」

みんなは、くちぐちに、さけびました。

「だいじょうぶだった、キッペ？」

「そらは、どうだった？」

「おもしろかった？」

ようやく、かわらにはいあがったキッペは、

「う、うん。……ものすごく、おもろしかったよ」

といいました。

「おもろしかったって？」

「おもしろくて、おそろしかったんだ」

キッペは、からだがちょっと、ふるえていました。

おそろしかったのと、ずぶぬれだったのと、りょうほうでした。キッペが、ぶるん！　とからだをふって、水《みず》をとばすと、いたちの子《こ》が、

「あっ、あっ、あたしのふく、ずぶぬれだっ！　まだ、水《みず》あそびもしていないのに」

といいました。

それでもみんなは、キッペを、ぐるりととりかこんで、キッペのそらのたびの、おはなしをききました。
「それで？　それから？」
いちばんねっしんに、キッペのはなしをきいたのは、こねずみたちでした。
「すごいや！　すごいね、

キッペ！」

こねずみたちは、目《め》をまんまるくして、そんけいしたみたいに、キッペをみあげます。

「ああ、あ！　とぶだけで、おっこちるところがないのなら、ぼくも、やってみるんだけどなあ！」

といったのは、こだぬきでした。

いくら、あぶないから、だめだといっても、むだでした。こねずみたちは、どうしても、そらをとぶんだといって、きかないのです。

「じゃ、ちょっとだけだよ」

といって、キッペは、ちいさな、ちいさなやなぎの木《き》で、こねずみたちを、川《かわ》にむかって、はねとばしてやりました。

「わーいっ！」

「ひえーいっ！」

こねずみたちは、まるで、
ねずみ花火《はなび》みたいに、川《かわ》にむかって、
すっとんでゆきました。
「きみも、やってみる?」
キッペが、いたちの子《こ》にきくと、
おくびょうないたちは、それだけで、
「ひ!」
といって、きぜつしました。

「ぼく、おくびょうなのかな？　だってぼく、ちっとも、そらなんて、とびたいとおもわないんだ」

かえりみちで、そういったのは、こぐまでした。

「それにぼく、きみにだって、そらなんか、とんでもらいたいとは、おもわないんだ。……さっき、キッペは、どうなっちゃったんだろう？　し、しんじゃったんじゃ、ないだろうかって、そうおもったら、ぼく、かなしくて、かなしくて、なきそうだった。……ね、ぼく、しんぱいで、すっかり、やせちゃったんじゃない？」
「だいじょうぶ。きみは、もとどおりの、
まるまるとふとった、こぐまだよ」
キッペが、こたえます。
キッペとこぐまは、
なかよしらしく、
しっかりと、
手《て》をつないで
いました。

そらは、まっかなゆうやけです。

「わっせ！　わっせ！」

まだ、そらのたびにむちゅうになって、おおごえで、さわいでいるのは、こねずみたちです。

キッペとこぐまをせんとうに、いちれつになって、かえってゆくみんなのかおも、ゆうやけの色《いろ》にそまっています。

キッペは、きゅうにむくちになって、じぶんのそらのたびと、しんぱいしてくれた、みんなのことを、かんがえました。そして、

〈やっぱり、ぼく、そらはとびたいけど、でもぼく、やっぱり、みんなといっしょのほうが、なんばいもうれしい〉

とおもいました。

そらには、あかね色《いろ》のくもがうかんでいて、そのしたには、かぞえきれないほどのあかとんぼが、はねをきらめかせながら、とんでいました。みんなのかおも、あかね色《いろ》です。

「さよなら、さんかく、また、きつね！」

キッペはそっと、ちょっとだけだった、そらのたびに、おわかれをいいました。

いちめんの草《くさ》を、きらきらとなみだたせて、ためいきのような、ゆうかぜが、ふきすぎてゆきます。

今村葦子

（作家／いまむら　あしこ）

◆

1947年、熊本県に生まれる。『ふたつの家のちえ子』(評論社)で野間児童文芸推奨作品賞、坪田譲治文学賞、芸術選奨文部大臣新人賞を受賞。同作品および『良夫とかな子』『あほうどり』(ともに評論社)により路傍の石幼少年文学賞、『かがりちゃん』(講談社)で野間児童文芸賞、『ぶな森のキッキ』(童心社)で絵本にっぽん大賞、『まつぼっくり公園のふるいブランコ』(理論社)によりひろすけ童話賞を受賞。降矢奈々氏とのコンビの「こぎつねキッペ・シリーズ」(ポプラ社)『なぎさの小枝』(ほるぷ出版)や『空をとんだＱネズミ』(あかね書房)など作品多数。東京都在住。

降矢奈々

（画家／ふりや　なな）

◆

1961年、東京都に生まれる。スロヴァキア共和国・ブラチスラヴァ美術大学で石版画を学ぶ。日本とスロヴァキアで、子どもの本の仕事に活躍している。絵本に『ちょろりんのすてきなセーター』『きょだいな　きょだいな』『めっきらもっきら　どおんどん』(いずれも福音館書店)『ともだちや』(偕成社)などがあり、挿し絵に『なきむしおにごっこ』(ポプラ社)『やまんば山のモッコたち』(福音館書店)『レンゲ畑のまんなかで』『ぺぺとチッチ』(ともにあかね書房)などがある。ブラチスラヴァ市在住。

フォーマットデザイン

◆

丸尾靖子

おはなしバスケット15

こぎつねキッペのそらのたび

二〇〇三年六月　第一刷発行
二〇二一年六月　第十一刷

作　家　今村葦子
画　家　降矢奈々
発行者　千葉　均
編集　松永　緑
発行所　株式会社　ポプラ社
東京都千代田区麹町四-二-六　〒一〇二-八五一九
ホームページ　www.poplar.co.jp
印　刷　NISSHA株式会社
製　本　株式会社難波製本

落丁・乱丁本はお取り替えいたします。
電話（〇一二〇-六六六-五五三）または、ホームページ（www.poplar.co.jp）のお問い合わせ一覧より
ご連絡ください。
※電話の受付時間は、月～金曜日十時～十七時です（祝日・休日は除く）。
読者の皆様からのお便りをお待ちしてます。
いただいたお便りは著者にお渡しいたします。
N.D.C.913/77p/21cm　　ISBN-978-4-591-07726-9
P4040015

こぎつねキッペのおはなし

〈全5巻〉

今村葦子・作　降矢奈々・絵

小学校初級から

こぎつねキッペのはるのうた

ひなた山に春がきました。こぎつねキッペはうれしくてたまりません。森のなかまたちといっしょに、山のてっぺんからころがって夢中で遊びますが……。

こぎつねキッペのかえりみち

キッペは、こねずみたちについていき、はじめて結婚式に出ました。かんげきして家に帰るとちゅう、あれくるう川の前でうごけなくなってしまい……。

こぎつねキッペのあまやどり

キッペとなかまたちは、大きな木の下で雨やどりをしていましたが、どろんこ遊びをはじめたら、とまらなくなってしまい、だんだん大さわぎに！

こぎつねキッペのそらのたび

キッペは、木のえだにはねとばされて、びゅんびゅん空をとんで、とまらなくなってしまいました！　なかまたちは大あわてでおいかけますが……。

こぎつねキッペのふゆのうた

キッペとなかまたちは、はじめて池にはったこおりを見てびっくり。こおりすべりにむちゅうになったキッペは、つめたい水の中におちてしまいました！